A.P. DUCHATEAU/TIBET

RICK MASTER

Die Maske des Todes

Herausgeber und Verleger:
BASTEI-Verlag, Gustav H. Lübbe
GmbH & Co., Postfach 200 180,
5060 Bergisch Gladbach 2,
Tel.: 0 22 02/12 10, Anzeigen-
abteilung Postfach 200 170
Chefredakteur: Werner Geismar
Grafik: Rüdiger Pareike · Herstellung:
Matthias W. Boden ·
© Lupado/A. P. Duchateau/Tibet 1991
Alleinvertrieb in Österreich:
Zeitschriftengroßvertrieb A. Fröhlich,
Alfred-Fröhlich-Straße 3,
A-2201 Seyring, Telefon **Öster-
reich** 0 22 46/25 91 · Erfüllungsort:
Bergisch Gladbach · Gerichtsstand:
Das für den Verlagssitz zuständige
Gericht · Für unverlangt einge-
sandte Manuskripte, Fotos und
andere Beiträge übernimmt die
Redaktion keine Haftung.

1. Kapitel

DER MEISTER DER SPEZIALEFFEKTE

Es erinnerte an einen Alptraum, aber es war keiner. Wenn es ein Alptraum gewesen wäre, hätte mich ein Monster über eine steile Treppe verfolgt. Ich wäre nackt gewesen, gestolpert... und aufgewacht. Also das übliche...

Aber ich bin schon aufgewacht. Ich befinde mich nicht in einer unheilschwangeren Burg, sondern in einem hellen, modern eingerichteten Zimmer, durch dessen Vorhänge das Sonnenlicht flutet.

Der Alptraum ist, das ich dieses Zimmer nicht kenne, da bin ich sicher. Dennoch liege ich hier in einem riesigen Bett und habe einen Schlafanzug an, auf dem in Brusthöhe die Initialen R. M. eingestickt sind.

Ich entschließe mich, aufzustehen. Meine Knie sind so weich, als hätte ich ein Jahr lang kein Auge zugetan, oder als hätte ich zwölf Monate an einem Stück geschlafen.

Auf dem Tisch steht ein Frühstück. Wer es dort hingestellt hat, der kennt meinen Geschmack: Tee, Toast, Orangenmarmelade. Eine Visitenkarte läßt keinen Zweifel, für wen das Frühstück bestimmt ist. Rick Master, mein Name, steht auf dem unteren, abgeknickten Teil.

Ohne mich anzuziehen - ich habe frische Kleidung in einer Garderobe bemerkt - gehe ich auf die einzige Tür des Zimmers zu. Ich lege die Hand auf die Klinke und denke: Sie läßt sich herunterdrücken, aber die Tür ist abgeschlossen.

Aber zu meiner Überraschung läßt sich die Tür normal öffnen. Ich werfe einen vorsichtigen Blick in den Flur. Es gibt nichts Besonderes an ihm. Er ist sehr lang, hat weiße Wände, an denen Vergrößerungen von Filmfotos hängen.

Nun beginne ich mich an alles zu erinnern. Ich weiß immer noch nicht, wo ich mich befinde, aber ich erinnere mich dunkel an die Ereignisse, die meiner Ankunft hier vorausgegangen sind... *der Affaire von Studio 2...*

In der Redaktion der Zeitung "La Rafale", an der ich die priveligierte Position eines Reporters für Sonderberichte innehabe, bin ich gewohnt, den seltsamsten Menschen zu begegnen.

Olle Davidson jedoch, der mich dort vor einigen Tagen aufsuchte, hat mich wirklich verblüfft.

Er war ein großer Kerl mit einem roten Bart, dick und massig, jene Sorte Mensch, die überall auffällt. Seine kleinen, lebhaften Augen belauerten mich, und er brach in ein dunkles, hohles Lachen aus.

"Sie werden sich nach dem Grund meines Besuches fragen," sagte er. "Olle Davidson steuert immer geradewegs auf sein Ziel zu. Sie sind doch eine Art Privatdedektiv, oder?"

Ich hatte sofort eine Abneigung gegen ihn. Leute, die verkünden, immer geradewegs ihr Ziel anzusteuern, mag ich nicht.

"Ja, etwas in der Art", antwortete ich mit charmantem Lächeln, was meinem Image entspricht. "Und wer sind Sie eigentlich, Herr Davidson?"

Er versetzte mir einen vertraulichen Rippenstoß, blinzelte mir komplizenhaft zu und brach wieder in sein hohles Lachen aus. "Ich bin Organisator und Unterhalter. Ich organisiere alle Arten von Festivitäten, je nach Wunsch."

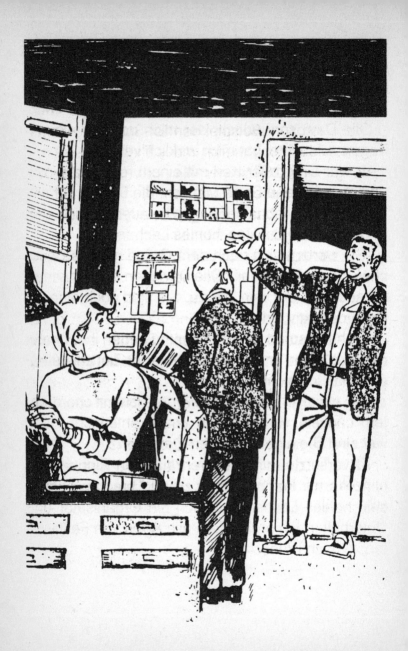

Nach einer bedeutungsschweren Pause fuhr er fort: "Es gibt viele gelangweilte Menschen, die nach völlig neuen Zerstreuungen suchen. Ich erfinde sie. Genauer gesagt, ich setze aus Altem Neues zusammen. So habe ich zum Beispiel den Ex-Schwergewichtsmeister Kid Murphy wieder in den Ring gebracht und ihn gegen den 25-jährigen Mittelgewichtler Cardonnia kämpfen lassen. Alt gegen jung - es war ein Massaker! Aber das Publikum war zufrieden. So eine Art Sachen organisiere ich also..."

Ich überlegte, wie ich den Kerl wieder loskriegen könnte. Aber dann siegte meine Neugier, und ich hörte weiter zu.

"Ein äußerst wichtiger Mann hat mich jetzt gebeten, eine besondere Abendunterhaltung zu organisieren. So neu ist die Idee auch nicht. Man muß nur die Details neu organisieren und ein wenig weiter gehen als üblich. Kurz und bündig, ich soll ein Abendessen mit einem Mord organisieren!"

"Toll!" sagte ich. "Und Sie besorgen also die Leiche?" Er grunzte, als sei ihm die Idee noch gar nicht gekommen, und rieb sich nachdenklich seinen roten, struppigen Bart...

"Soweit braucht man nicht zu gehen", sagte er nach einer Weile. "Man braucht kein echtes Verbrechen, um sich gut zu amüsieren. Ich liefere die Umstände, die Umgebung, die Bestandteile und... den Mörder! Natürlich keinen echten, versteht sich..." Er zwinkerte mir vertraulich zu und hob die Stimme. "Und den Detektiv! Dabei habe ich an Sie gedacht!"

Endlich war er zum Grund seines Besuches gekommen. "Ich bin geschmeichelt!" erwiderte ich. "Aber bevor ich annehme oder ablehne, möchte ich noch einiges wissen. Zum Beispiel den Namen Ihres Auftraggebers und die seiner Gäste!"

Olle Davidson wiegte bedenklich den Kopf. "Ich habe strenge Vertraulichkeit zugesagt!" gab er zu bedenken. "Und außerdem, bevor wir weiterreden, wie hoch soll denn Ihre Gage sein, wenn Sie die Rolle des Detektivs annehmen?"

Ohne zu zögern, nannte ich eine runde, sechsstellige Summe. Er zuckte zusammen, aber ich merkte, daß dies gespielt war und er bloß gerne handelte. "Hunderttausend Franc? Können wir uns nicht auf die Hälfte einigen?"

"Ich handele nie!" sagte ich. "Und wenn wir schon von Hälften sprechen: Eine Hälfte bar im voraus, die andere bar nach der Vorstellung!"

"Sie sind ein smarter Geschäftsmann!" stöhnte er. "Zwar erlaubt dies mein Budget, aber für mich wird kaum etwas dabei rumspringen! Sie nehmen also an?"

"Wenn ich den Namen Ihres Kunden und die seiner Gäste weiß", wiederholte ich.

"Ich rechne mit Ihrer Verschwiegenheit!" sagte er. "Der Name meines Auftraggebers ist Marquis de Virlojal. Haben Sie von ihm schon gehört?"

Ich kannte ihn. Jeder in Paris hatte schon von ihm gehört. Ein reicher Müßiggänger, der bei allen Festen des internationalen Jetsets dabei war.

"Die Namen seiner Gäste weiß ich selber nicht!" fuhr Olle Davidson fort. "Also, was ist nun?"

Ich wollte eigentlich ablehnen, und ich weiß heute noch nicht, welcher Teufel mich geritten hat, doch anzunehmen.

An diesem Abend war ich zum Essen bei Kommissar Bourdon und seiner Tochter Nadine eingeladen. Ich erzählte ihnen von meinem Engagement.

"Braucht Ihr Dicker nicht zufällig noch einen echten Polizisten?" brummte Kommissar. "Sie dürften auch alle meine Handschellen anlegen!"

Nadine machte mir schöne Augen. "Rick, brauchst du nicht noch eine Assistentin?"

"Na klar! Gute Idee! Du wäschst die Finger der Damen, nachdem ich ihnen die Abdrücke abgenommen habe... "

"Meinst du das ernst?" fragte mein Liebling aufgeregt. "Warum nicht?" antwortete ich augenzwinkernd.

2. *Kapitel*

DIE MORD-KULISSEN

Dann war der Abend jenes ominösen Ereignisses gekommen. Der Ort war sorgfältig ausgewählt. Es handelte sich um ein Filmgelände, genauer gesagt, um das Studio 2, in dem vom letzten Horror-Film noch düstere Kulissen standen.

Vor der Ankunft der Gäste zeigte der Marquis de Virlojal mir und Nadine die Örtlichkeiten, wobei ihm Olle Davidson nicht von der Seite wich.

In seinem schwarzen Samtanzug, die Haut mit Theaterschminke gebleicht, die Stimme künstlich verzerrt, war der Marquis kaum wiederzuerkennen. Er legte seine knochige Hand auf meine Schulter, die Finger voller kostbarer Ringe. "Hier ist unsere Hauptkulisse!"

Ein großer Festsaal mit einem langen Tisch, auf dem für acht Personen wertvolles Porzellan und Kristall gedeckt waren. Vor jedem Gedeck eine Visitenkarte...

Bevor ich einen Blick auf die Visitenkarten werfen konnte, zog er mich zur Wand, wo in einer offenen Vitrine mit vielen Fächern Waffen aller Art lagen...

"Stichwaffen... Toledodolche, Stiletts, Bowie-Messer... in der nächsten Abteilung die Gifte: Zyankali, Strichnin, Curare... Und hier haben wir die Handfeuerwaffen: Browning, Smith and Wesson, Colt, Beretta, Lüger... "

Ich bewunderte die kunstvolle Art, wie alles angeordnet war. Gleichwohl beschlich mich ein ungutes Gefühl. "Offensichtlich handelt es sich hier doch um Theaterwaffen?" unterbrach ich den Marquis.

"Offensichtlich", antwortete er gleichgültig. Plötzlich glaubte ich ihm kein Wort. Ich nahm blitzschnell eine automatische Pistole aus der Vitrine. "Sie ist doch sicher nicht geladen?" fragte ich und legte den Sicherungshebel um.

"Nein, ganz bestimmt nicht!" antwortete Olle. "Aber legen Sie die Waffe doch bitte wieder zurück!" Ich richtete die Waffe auf den großen Kerl. "Also besteht keine Gefahr, wenn ich den Abzug drücke?"

Davidson warf sich zur Seite und schrie in höchster Not: "Vorsicht! Nicht abdrücken!"

Gleichmütig legte ich die Waffe zurück.

"Ich vermute, daß das Gift echtes Gift ist und die Dolche rasiermesserscharfe Klingen haben!" sagte ich.

"Das stimmt!" antwortete der Marquis. "Ich bin es meinem Ruf schuldig, meine Gäste nicht mit lächerlichen Nachahmungen zu täuschen!"

"Unter diesen Umständen sehe ich mich nicht in der Lage, an Ihrer Abendunterhaltung teilzunehmen!" meinte ich daraufhin kühl.

"Aber Sie haben einen Vertrag!" wandte Olle Davidson schnaufend ein. "Der nicht erfüllt ist", entgegnete ich. "Denn ich weiß bis jetzt noch nicht die Namen der anderen Eingeladenen."

"Denken Sie doch einmal nach: Ihre Gegenwart könnte unvorhergesehene, unangenehme Zwischenfälle verhindern helfen! Ich appelliere an Ihr Verantwortungsbewußtsein!" schaltete sich der Marquis ein.

Das klang überzeugend. Ich gab seiner Argumentation nach und fragte nur noch: "Wer sind denn Ihre Gäste?"

"Ich habe ihnen volle Anonymität zugesichert!" wich der Graf aus.

"Und wer spielt den Mörder?"

"Nur Olle weiß das."

"Wer ist denn das Opfer?" fragte ich.

"Der Täter darf es sich frei auswählen. Im Augenblick, der ihm am günstigsten erscheint, wird das Licht ausgehen. Er wird sein Opfer suchen, ihm auf die Schulter klopfen, und es wird wie tot zu Boden sinken. Ihnen ist es dann gestattet, das Licht wieder anzumachen und sofort mit Ihrer Untersuchung zu beginnen."

"Das alles gefällt mir nicht!" sagte ich.

"Komm, Rick, laß uns verschwinden!" flüsterte mir Nadine zu.

"Es war ein Fehler, dich mitzunehmen", entgegnete ich. "Du wirst auf jeden Fall nicht dabei sein." Es gelang mir, Nadine zu überzeugen, das Studio zu verlassen.

Daraufhin inspizierte ich schnell die drei Hauptteile der Kulisse. Es gab ein Verlies mit einem falschen, vergitterten Fenster, dann ein düsteres Kabinett mit den Waffenvitrinen des Marquis' und die Nachbildung eines Leichenschauhauses mit seinen langen, leeren Schubladen.

Danach hatte ich endlich Gelegenheit, kurz die Speisetafel zu inspizieren. Auf der Visitenkarte am Kopfende des Tisches prangte der Name des Marquis', auf der Visitenkarte am anderen Ende des Tisches stand mein Name.

Die anderen Gedecke waren zu je drei an den Längsseiten des Tisches angeordnet. Auf den entsprechenden Visitenkarten standen weder Namen noch Vornamen.

Offensichtlich verstand Olle bis in die Fingerspitzen das Geschäft mit dem Unheimlich-Geheimnisvollen. Er schien alles wie ein großer Schwamm aufzusaugen und bei sich zu behalten. Und man bezahlte ihn dafür, daß er den Schwamm dann wieder ausdrückte!

Auf den Visitenkarten standen keine Namen, sondern jeweils ein Datum...

3. Kapitel

DAS FESTMAHL DER SCHULDIGEN

Ich fragte mich, was die Daten auf den Visitenkarten bedeuten konnten. Zweifelsohne sollten sie die Gäste an irgendein herausragendes Ereignis in ihrem Leben erinnern...

Ich sah die Gäste nicht ankommen. Um Mitternacht hörte ich, wie die Verbindungstür von außen geschlossen wurde. Eine rote Lampe blinkte auf. Die Gäste stiegen eine Eisentreppe hinab in den Saal. Es handelte sich um vier Männer und zwei Frauen, die in Kutten aus grober Wolle gekleidet waren. Sie reichten bis zum Boden. Zwei von den Gästen kamen die Treppe anmutigen Schrittes herab und rafften ihre Kutten so, daß man die Spitzen von Frauenschuhen sehen konnte. Die anderen bewegten sich plump und ohne Grazie.

Ich empfing die Gäste neben einem Tischchen, auf dem alles Nötige für die Fingerabdrücke stand. Olle war in den Kulissen verschwunden...

Als erste streckte sich mir eine Hand mit schlanken Fingern und rotlackierten Nägeln entgegen. Ich drückte die Finger auf ein Tintenkissen und fragte: "Wer sind Sie?"

Eine leise Stimme murmelte, halb erstickt: "25. Februar 1987!"

Ihr folgte eine grobe Hand, bedeckt mit stachligen Borsten, die Fingernägel schmutzig, und eine rauhe Stimme verkündete: "10. Juli 1988!"

Am Ende dieser Zeremonie wußte ich, daß die beiden Frauen die Plätze, die mit "25. Februar 1987 und "3. Juli 1988" gekennzeichnet waren, innehatten... Die vier Männer saßen in der Reihenfolge "29. Mai 1962", "5. Dezember 1983", "10. Juli 1988" und "16. September 1972".

Als alle Platz genommen hatten, ergriff der Marquis das Wort.

"Meine Freunde, hiermit eröffne ich den Mord-Abend. Unnötig, euch Rick Master vorzustellen, ihr kennt ihn ja alle. Erheben wir unsere Gläser auf ein gutes Gelingen", schloß der Marquis mit leicht ironischem Unterton.

"Nach den Spielregeln sucht sich der 'Täter' den für ihn günstigsten Moment des Abendessens aus und begeht sein Verbrechen", fuhr der Marquis fort. Dann beugte er sich galant zu der Gestalt an seiner rechten vor.

"Unsere charmante Freundin hier repräsentiert den '25. Februar 1987'. An jenem Abend hatte ich sie zu einem Essen geladen, bei dem ich meinen Gästen kostbare, über tausend Jahre alte Keramiken aus dem Iran zeigte. Es waren sechs Stücke, aber nach dem Essen war eines verschwunden. Ich habe Sie, meine liebe Antiquitätenhändlerin, immer schon verdächtigt, das sechste gestohlen zu haben".

"Virlojal! Sie haben mich zu unrecht verdächtigt!" maulte die Gestalt.

Unbeeindruckt beugte sich der Marquis zu seiner Nachbarin zur linken.

"3. Juli 1988! Dir hatte ich einst die Heirat versprochen. Aber ich änderte meine Meinung. Daraufhin kaufte niemand mehr deine Bilder, denn du hattest kein Talent. An jenem Datum hat mich ein Auto überfahren, und ich hätte beinahe mein Leben verloren. Ich habe immer geglaubt, daß du am Steuer des Wagens gesessen hast..."

"Wie rachsüchtig und ungerecht du doch bist!" stieß seine Nachbarin zur rechten hervor.

Ungerührt zeigte der Marquis auf den nächsten. "10. Juli 1988! Sie sind ein Erpresser und waren bei dem Unfall Zeuge. Sie haben die Autofahrerin erkannt. Sie haben sich Ihr Schweigen bezahlen lassen. An jenem Datum haben Sie die erste Zahlung bekommen!"

Statt einer Antwort hob der Angesprochene sein Glas und brach in Gelächter aus.

Nun war sein großer und dünner Nachbar an der Reihe. "16. September 1972! Sie schreiben Kriminalromane. An jenem Datum haben Sie einen Roman veröffentlicht, den nicht Sie, sondern ein befreundeter Journalist und Forscher geschrieben hat. Dieser Mann ist seitdem im Amazonasdschungel verschollen... "

Der Marquis lächelte nun meinem unmittelbaren Nachbarn zu. "5. Dezember 1983! An diesem Datum haben Sie als Arzt einen Patienten aus purer Nachlässigkeit sterben lassen... "

Der Angesprochene zuckte in die Höhe, stieß sein Glas um, sagte aber keinen Ton.

"Und ich?" fragte der Letzte mit ironischem Unterton in der Stimme.

"Sie, 29. Mai 1962, sind an jenem Datum geboren!" sagte der Marquis und schwieg.

Dann hob der Marquis seine Stimme. "Noch haben Sie nichts verbrochen, aber ich glaube, daß Sie zu allem fähig sind!"

Genau in diesem Moment erlosch das Licht!

In der tiefen Dunkelheit, die nur schwach durch das Rotlicht am Eingang erhellt wurde, schallten Schreie, Sessel wurden umgestoßen. Plötzlich bemerkte ich das Licht einer winzigen Taschenlampe, das mehrmals kurz aufleuchtete und erlosch. Ich versuchte, ihm zu folgen. Aber jemand rempelte mich an, und eine schrille Stimme schrie: "Das Licht an!"

Von irgendwoher antwortete der Marquis: "Ich bitte Sie! Sie alle haben einen gültigen Vertrag unterzeichnet!" Er klang zufrieden.

"Ja! Aber das genügt jetzt!" antwortete ihm eine der Frauen. "Das Licht an!"

Ich hörte, wie jemand verzweifelt gegen die Studiotür hämmerte. "Aufmachen! Aufmachen!"

Ein erstickter Schrei in der Dunkelheit: "Lassen Sie mich los!"

Da leuchtete die Lampe wieder kurz auf. Ich erkannte einen um sich schlagenden Schatten. "Marquis! Ich bitte Sie..." Die Stimme wurde vom Klirren einer umkippenden Vitrine erstickt.

Mittlerweile schienen alle Anwesenden von Panik ergriffen. Man schubste, schrie und zertrat auf den Boden gefallene Gläser.

"Hilfe! Ihr dürft das nicht zulassen!" Dann folgte ein ersticktes Stöhnen. Ich bemerkte das Licht der Lampe und stürzte mich auf den Schatten dahinter, den ich zu packen versuchte. Die Lampe fiel zu Boden. Ich ertastete sie, aber sie funktionierte nicht mehr.

Mit einem Schulterstoß durchbrach ich die Pappdekoration und stürzte zur Studiotür. Nach langem Klopfen öffneten mir die Garderobiere und der Maschinist. Wenige Sekunden später gingen die Lichter im Saal wieder an.

Es sah aus, als wäre eine Herde Elefanten durch den Saal getrampelt. Die Vorhänge waren heruntergerissen, der Boden war mit zerbrochenen Tellern und Gläsern bedeckt. Sämtliche Stühle waren umgekippt. Ein Chaos...

Die eben noch tobenden Leute standen wie zu Stein erstarrt an ihren Plätzen.

Der Marquis war leichenblaß, seine Hand zitterte, als er mit einem Taschentuch die Stirn abtupfte. Ich bemerkte nur vier der Gäste. Ihre Umhänge waren verrutscht, die Kapuzen bedeckten ihre Gesichter nicht mehr.

Niemals werde ich den Gesichtsausdruck des "25. Februar 1987" vergessen, einer Blondine mit grünen Augen, deren Mund zu einem stummen Schrei geöffnet war. Sie starrte auf eine Gestalt am Boden, in deren Brust ein venezianischer Dolch steckte...

Offensichtlich hielt der Abend des Marquis', was er versprochen hatte. Das 'Opfer' spielte seine Rolle vorzüglich. Nur konnte es sich nicht mehr erheben, um seinen verdienten Lohn in Empfang zu nehmen.

Ein Telefonapparat auf einem kleinen Tisch hatte die Verwüstung überlebt. Ich wählte die Nummer von Kommissar Bourdon, merkte dann aber, daß das Telefon gar nicht angeschlossen war. Ich wandte mich an den Maschinisten und die Garderobenfrau, die mir gefolgt waren.

"Rufen Sie die Polizei!" befahl ich. "Ein Mann ist getötet worden. Olle Davidson..."

4. Kapitel

DER ZWEITE DOLCH

Der Marquis schien sich endlich halbwegs wieder in der Gewalt zu haben. "Das ist widersinnig...", stotterte er. "Davidson! Wer kann ihn getötet haben? Und warum?"

"Mal sehen... Denken wir nach!" entgegnete ich. "Der echte Mörder und der Ihres Spiels müssen ein und derselbe sein."

"Wieso?" fragte der Marquis.

"Da bin ich mir sicher. Nur der 'Mörder' Ihres Spiels war mit einer Taschenlampe ausgerüstet. Das war Teil des Spiels, denn er mußte sein Opfer auswählen können."

Der Marquis hob die Schultern. "Vielleicht verhielt es sich so. Olle hat alle Details festgelegt."

"Nun gut. Nehmen wir an, es ist so gewesen. Aber wieso konnte der Spielmörder, und nur er, das Licht ausgehen lassen?"

"Ich weiß es nicht. Olle..."

Ich zog wortlos das Tischtuch ganz vom Tisch herunter. Unter dem Tisch war ein Schalter angebracht, von dem ein Elektrokabel zur Wand führte. Der Spielmörder konnte ihn bequem mit dem Fuß betätigen. Ich ahnte, was der Marquis dachte.

"Sie glauben, dieser Unterbrecher müßte uns den Platz verraten, an dem der Spielmörder gesessen hat? Der Schalter ist so plaziert, daß ihn alle mit dem Fuß erreichen konnten."

"Schade...", murmelte Virlojal. "Nur Olle hätte seinen Mörder identifizieren können, aber Olle kann nicht mehr reden."

Inzwischen hatten die Gäste ihre Wollkutten abgestreift. Die Blondine mit den grünen Augen hatte ihre Panik abgelegt. Die andere junge Frau hatte braunes Haar, regelmäßige Gesichtszüge und schien etwas resoluter zu sein. An ihrer Seite die beiden Männer. "Wo sind die anderen beiden Gäste eigentlich?" fragte ich.

Mit einem kurzem Blick stellte ich fest, wer fehlte. Es waren der Kriminalautor und der Doktor. Waren sie Komplizen? Hatten sie beide zusammen Davidson getötet? Aber außer mir hatte niemand die Kulissen verlassen. Also mußten sie noch in irgendeinem Winkel sein.

Im Kabinett mit den Waffen befand sich niemand. Blieb nur noch das 'Leichenschauhaus'. Ich bemerkte, daß in der Vitrine mit den Dolchen zwei leere Stellen waren.

In den Kulissen des 'Leichenschauhauses' lag vor einer der Schubladen ein Körper in einer Kutte ausgestreckt am Boden.

Ich hatte einen der fehlenden Gäste gefunden und den zweiten Dolch...!

Es war der große, dünne Mann, der nahe dem Marquis gesessen hatte, der Kriminalromanautor. Fehlte nur noch der Doktor...

Da bemerkte ich, in einer Ecke zusammengerollt, eine Kutte. Sie war groß und weit und hatte den massigen Körper des Doktors bedeckt. Aber der war und blieb verschwunden!

Die Ankunft des Kommissars, flankiert vom Gerichtsmediziner und seinem Assistenten Ledru, hielt mich nicht davon ab, meine Untersuchungen weiterzuverfolgen.

"Zwei Morde!" rief der Kommissar aus und wandte sich an den Marquis. "Sie haben dem Mörder die Waffen geliefert, die Gelegenheit und das Motiv! Sie haben zwei Tote auf dem Gewissen, Herr Marquis!"

Virlojal protestierte. "Die Gelegenheit, die Waffen, vielleicht... Aber nicht das Motiv. Niemand hatte einen Grund, Olle Davidson zu töten!"

"Doch!" wandte ich ein. "Der Mörder, ihr nachlässiger Arzt! Er hat Davidson umgebracht, damit der ihn nicht denunzieren konnte. Dann den, der ihn dabei beobachtet hat, den Kriminalautor. Vielleicht hat er sich auch bloß zuerst in der Person geirrt..."

"Ein Irrtum?" wunderte sich Bourdon.

"Aber ja, Kommissar! Überlegen Sie, jeder der Gäste hatte ein Motiv, den Marquis umzubringen."

"Ah, ich verstehe. Normalerweise hätte der Marquis das Opfer sein müssen, denn er kannte von jedem den Schwachpunkt seiner Vergangenheit."

"Das ist falsch!" schrie Virlojal. "Ich versichere Ihnen, niemand hatte ein Motiv, mich umzubringen!"

"Eine Diebin, eine Mörderin, ein Erpresser, ein Manuskriptdieb, ein verantwortungsloser Arzt und ein zukünftiger Verbrecher, die sollen kein Motiv gehabt haben?" spottete der Kommissar.

"Sie lassen mich ja nicht ausreden!" stöhnte der Marquis. "Es gibt keine Diebin, Mörderin, keinen Erpresser, keinen verantwortungslosen Arzt! Das sind alles Leute, die ich für diese Rollen engagiert habe, um eine möglichst lebensechte Atmosphäre zu haben. Die Leute, die Sie meinen, existieren gar nicht!"

"Sie sind aber ganz schön lebendig, bis auf einen!" entgegnete Bourdon trocken.

"Die Daten, ihre 'Verbrechen', ich habe alles bloß erfunden!" verteidigte sich der Marquis.

"Und wer sind sie in Wahrheit?"

"Statisten, die Davidson engagiert hat, um die Rollen der Verdächtigen und des Täters zu spielen!" röchelte Virlojal. "Statisten, die sich ihre Gage verdienen wollten..."

5. Kapitel

DIE FALSCHE ERPRESSUNG

Der Marquis hatte nicht gelogen. Die vier Statisten bestätigten seine Aussage. Sie arbeiteten alle, genau wie der Ermordete für die Künstleragentur "Komödie".

Da war Maude Martin, die hübsche Blondine mit den grünen Augen, fünfundzwanzig, ledig. Vera Berget, die Braune mit dem regelmäßigem Gesicht, dreißig Jahre, geschieden. Hatte schon mehrere kleine Nebenrollen im Film. Unser Erpresser hieß Fernand Batteux, war in den Vierzigern, hatte große, buschige Augenbrauen, mehrere Rollen fürs Fernsehen.

Der diebische Schriftsteller hieß Gil Lyon, war Gelegenheitsschauspieler und das zweite Opfer des Mord-Abends...

Der junge Mann, der zu allem fähig sein sollte, nannte sich Serge Bernsdorf und hatte in der Tat einen unsteten Blick und ein bösartiges Lächeln.

Den "verantwortungslosen" Arzt, der Mann, der spurlos verschwunden und der Meinung aller nach der Mörder war, den hatten die anderen nie zu Gesicht bekommen, und niemand kannte seine wahre Identität.

Nur Davidson wußte, wer er war, denn er hatte ihn engagiert. Er war mit den anderen gekommen und hatte schon seine Kutte angehabt. Niemand hatte sein Gesicht gesehen.

Am darauffolgenden Tag waren die vier Statisten im Büro des Kommissars erschienen.

"Bitte, wiederholen Sie, wie Sie für jenen verhängnisvollen Abend engagiert worden sind", sagte der Kommissar.

Fernand Batteux, der Erpresser, ergriff das Wort. "Olle Davidson leitete die Künstleragentur. Der Marquis hatte ihm von seinem 'Drehbuch' berichtet und ihm die Rollen erklärt. Entsprechend hat Olle uns ausgewählt."

"Sie wußten also, welche Rollen Sie spielen sollten?" unterbrach ich ihn.

"Nicht genau!" antwortete die braune Vera. "Wir sollten improvisieren. Genau wie alle anderen habe ich erst durch die Ansprache des Marquis erfahren, daß ich eine rachsüchtige, im Stich gelassene Geliebte verkörpern sollte. Vorher wußte ich nur, ich war '3. Juli 1988'!"

"Wir wußten nur unsere Daten, und daß einer von uns den 'Mörder' spielen sollte. Wer diese Rolle hatte, war uns nicht bekannt", bestätigte Serge Bernsdorf.

Mehr kam bei der Befragung nicht heraus, und Bourdon sah sich gezwungen, die Schauspieler wieder nach Hause zu schicken. Blieb noch der Marquis, der währenddessen in einem separaten Warteraum nervös auf und ab ging.

"Wie hat der Unbekannte, den Olle Davidson als verantwortungslosen Arzt und Täter engagiert hatte, bloß entkommen können?" seufzte der Kommissar. "Die Studiotür war abgeschlossen. Die Garderobenfrau und der Maschinist haben sie nur dir geöffnet... es sei denn, sie steckten mit dem Mörder unter einer Decke..."

Der Marquis hüllte sich zunächst in aristokratisches Schweigen, das ich mit der Frage unterbrach: "Marquis, sind Sie sicher, ganz allein die Rollen der sechs Gäste erfunden zu haben?"

"Natürlich... Wie sollten denn sonst die Schauspieler überhaupt spielen?"

"Sind die Rollen wirklich Ihrer Phantasie entsprungen, oder vielleicht doch Ihrer Erinnerung?" präzisierte ich meine Frage.

"Ich kann nur wiederholen, daß ich jede Einzelheit aller Rollen selbst erfunden habe!" beharrte der Marquis auf seiner Aussage.

Log er, oder sagte er die Wahrheit? Zum jetzigen Zeitpunkt konnte das niemand beurteilen...

6. Kapitel

DIE NACHT DES ALPTRAUMS

Bevor ich mich an diesem Abend zu Bett legte, fütterte ich meine Katze Ranar. Sie strich um meine Beine, den Schwanz steil nach oben gestellt. Dieses Bild des Friedens bewegte mich dazu, alles noch einmal in Ruhe zu durchdenken.

Plötzlich schreckte mich das Klingeln des Telefons aus meinen Gedanken.

"Hallo?"

Eine Stimme, brüchig vor Angst, keuchte: "Rick Master! Hier ist Virlojal! Da ist jemand, kommen Sie schnell!"

Er gab mir die Adresse seiner Zweitwohnung, die glücklicherweise nicht weit von meiner Wohnung entfernt lag.

Die Tür zum Pavillon des Marquis'stand weit offen. Ich betrat den dunklen Flur. Alles war ruhig, zu ruhig...

Zu meiner Rechten bemerkte ich eine halb geöffnete Tür. Dahinter vernahm ich das Röcheln eines Sterbenden, oder zumindest eines sehr ernsthaft Verletzten...

Meine Taschenlampe schien auf einen am Boden ausgestreckten Körper. Er war mit Blut bedeckt. Er drehte den Kopf zu mir, und ich blickte in das schrecklich zugerichtete Gesicht des Marquis'! "Rick... Sie... hatten recht! Ich... ich sollte eigentlich das Opfer sein... Olle Davidson ist nur irrtümlich ermordet worden..."

"Sprechen Sie nicht, Marquis! Ich werde einen Arzt rufen..."

"Zu spät... zu spät", keuchte Virlojal. "Meine Brust... der Dolch..."

Seine blutverschmierten Hände waren gegen seine Brust gepreßt, als versuche er, das Leben daran zu hindern, aus seiner Brust zu fliehen.

"Ein Hinweis... ich rede nicht irre... er sah aus ...wie Olle... ich bin mir so gut wie sicher", murmelte der Marquis, bäumte sich ein letztes Mal auf und fiel leblos auf den Boden zurück.

In diesem Moment fiel mir nicht nur ein Wolkenkratzer, sondern ganz Manhattan auf den Kopf...

*

Als ich aus meiner Ohnmacht erwachte, ertastete ich eine riesige Beule auf meiner Stirn. Dann erinnerte ich mich... Der sterbende Marquis... das Blut! Ich tastete nach der Taschenlampe, die mir aus der Hand gefallen war. Als ich sie auf die Stelle richtete, wo der Marquis gelegen hatte, leuchtete ihr Lichtkegel nur den nackten Boden an. Der Marquis war verschwunden...

Unwillkürlich fielen mir die letzten Worte des Sterbenden ein: Er sah aus wie Olle... Es war Olle... ich bin mir so gut wie sicher!

*

Kommissar Bourdon betrachtete mich argwöhnisch und fragte: "Und Sie sind sich ganz sicher, oder haben Sie das alles bloß geträumt?"

"Sieht diese Beule etwa nach einem Traum aus?" entgegnete ich bissig.

Der Kommissar setzte sich mit dem Leichenschauhaus in Verbindung. Weder Gil Lyon noch Olle Davidson hatten ihr provisorisches Domizil hier verlassen...

"Vielleicht hatte er einen Zwillingsbruder?" schlug ich vor. Der Kommissar schüttelte bekümmert den Kopf. "Dann muß er einen Doppelgänger gehabt haben!" beharrte ich auf meiner Meinung. "An jenem Abend ist nicht Olle Davidson, sondern sein Doppelgänger ermordet worden. Heute abend hat er dann den Marquis eliminiert, und niemand kann ihn ernsthaft verdächtigen, weil er ja schon tot ist!"

"Aber das Motiv!" schüttelte Bourdon den Kopf.

"Virlojal war ein überaus neugieriger Mann. Vielleicht hatte er ihn mit irgendwas in der Hand", verfolgte ich meine Spur weiter.

"Ihre Theorie enthält mir zuviele 'vielleichts'. Das einzige, was ich tun kann, ist, hier alle Spuren sichern zu lassen und zu recherchieren, ob Olle irgendwelche Verwandte hatte, die ihm sehr ähnlich sind", schloß der Kommissar.

7. Kapitel

DAS INTERVIEW

Am nächsten Morgen erkundigte ich mich nach den Ergebnissen der polizeilichen Untersuchung. Man hatte den Hausverwalter, den Sekretär und den Chauffeur des Marquis' befragt, und alle hatten übereinstimmend ausgesagt, daß Virlojal am Vorabend seinen Landsitz Hals über Kopf in seinem Rolls Royce verlassen hatte. Man hatte den Wagen am Morgen ziemlich weit entfernt von seiner Zweitwohnung gefunden. Es gab keine Spuren oder Hinweise in und an dem Wagen, die Rückschlüsse auf das Verbrechen ermöglicht hätten...

"Hat man den Wagen zufällig gefunden?" fragte ich den Kommissar.

"Nein! Ein anonymer Anruf hat uns davon unterrichtet. Die Stimme war verstellt, als würde jemand durch ein Taschentuch sprechen", berichtete der Kommissar.

"Und die Schlüssel lagen auf dem Armaturenbrett?" fragte ich weiter.

Der Kommissar nickte. "Nach meiner Theorie war es der Mann, der Davidson, Gil Lyon und den Marquis ermordet hat, der die Polizei angerufen hat", sagte ich, stand auf und ließ einen verblüfften Kommissar in seinem Büro zurück.

Wenig später saß ich in einem gemütlichen, hellen Appartement, eine Tasse Tee in der Hand, der schönen Maud gegenüber.

"Welcher Art waren Ihre Beziehungen zu dem Marquis de Virlojal?" begann ich mein Interview. Die junge Schauspielerin lächelte belustigt.

"Wie ich schon sagte, Davidson hatte mich für den Job engagiert, und ich lernte den Marquis erst an jenem verhängnisvollen Abend kennen."

"Maud, stimmt es, daß Sie bei dem Festessen die Rolle einer Diebin nur gespielt haben?" schoß ich meine nächste Frage ab.

"Aber was denken Sie denn?" protestierte sie energisch. "Ich habe noch nie in meinen Leben etwas gestohlen!"

"Verstehen Sie mich bitte nicht falsch, Maud", fuhr ich unbeirrt fort, "aber ich suche einen Hinweis auf den Mörder!"

Maud schüttelte ungeduldig den Kopf. "Ich habe alles bereits gesagt!"

"Dieser Arzt, hatte er schon seine Kutte an, als Sie ihn das erste Mal sahen?"

Maud nickte. "Er war nicht in der Garderobe, wo wir anderen unsere Kostüme angezogen haben!" meinte sie nachdenklich.

In diesem Moment kam mir wieder meine Theorie in den Sinn, daß Olle Davidson einen Doppelgänger oder Zwillingsbruder gehabt haben könnte.

Im nächsten Augenblick klingelte das Telefon. Maud nahm den Hörer ab, sagte "Hallo" und lauschte. Ich hatte den Eindruck, daß sich ihre Gesichtszüge veränderten. Sie sahen einem schönen Spiegel ähnlich, der plötzlich Risse bekommt. Dann keuchte sie: "Aber... warum? Warum?" Und dann: "Wer... wer sind Sie überhaupt?"

Ich sprang auf, riß ihr den Hörer aus der Hand und konnte gerade noch die Antwort auf ihre letzte Frage mitbekommen: "Ich bin Olle Davidson...!"

"Hallo?" fragte ich in das Schweigen hinein. "Was soll der Unfug? Hier spricht Rick Master!"

"Olle Davidson!" wiederholte die Stimme.

Nach kurzem Schweigen fuhr sie tonlos fort: "Ich habe der schönen Maud Martin vorhergesagt, daß wir uns bald im Totenreich wiedersehen werden! Hahaha!"

Dann hörte ich das metallische Klicken, das entsteht, wenn ein Hörer aufgelegt wird.

Maud Martin sah aus, als hätte sie gerade mit einem Gespenst gesprochen. "Glauben Sie, daß er es war?" fragte sie. Und als ich nicht antwortete, fügte sie bedrückt hinzu: "Ich habe Angst..."

"Sie haben nichts zu befürchten, Maud!" beruhigte ich sie. "Aber es wäre besser, wenn Sie in den nächsten Stunden Ihre Wohnung nicht verließen. Schließen Sie ab und öffnen Sie niemandem!"

Von der nächsten Telefonzelle rief ich den Kommissar an. "Irgendwelche Neuigkeiten von Olle Davidson?" fragte ich.

"Keine!" antwortete Bourdon. "Er hat weder eine Polizeiakte, noch einen Zwillingsbruder. Ich habe meinen Assistent Ledru in Olles Wohnung geschickt, um dort seine Fingerabdrücke abzunehmen. Die dort gefundenen Abdrücke stimmen mit denen des Toten überein."

"Wohnte Olle dort schon länger?" fragte ich.

Schweigen! Diesmal schien ich den Kommissar auf dem falschen Fuß erwischt zu haben. "Der Punkt geht an Sie!" sagte Bourdon schließlich. "Ich werde das recherchieren lassen. Bis bald!"

8. Kapitel

DROHUNGEN

Ich hatte mich mit Fernand Batteux in einer kleinen Bar verabredet. Er ließ mich eine halbe Stunde warten. Dafür ließ er mir dann keine Zeit, meine Befragung zu beginnen, sondern deklamierte theatralisch: "Ich schwöre, ich habe die Wahrheit gesagt, nichts als die Wahrheit!"

Ich tippte darauf, daß dies der Text war, den er in einer seiner Nebenrollen im Fernsehen schon mal aufgesagt hatte.

"Sie haben an jenem Abend einen Erpresser gespielt!" begann ich. "Und Sie haben ihn perfekt gespielt!"

Fernand verbeugte sich im Sitzen nach allen Seiten, als erwarte er donnernden Applaus.

"Ihr überzeugendes Spiel könnte zu der Vermutung Anlaß geben, daß Sie in Wahrheit ein Erpresser sind, der zufällig Zeuge eines tödlichen Unfalls gewesen ist!" fuhr ich fort.

Er warf mir einen langen Blick zu, in dem der ganze Abscheu und Ekel dieser Welt lag, und stieß endlich hervor: "Sie sind verrückt!"

"Nehmen Sie es nicht persönlich!" beruhigte ich den Schauspieler. "Wenn Sie kein Erpresser sind, gab es vielleicht doch einen unter Ihren Kollegen und Kolleginnen der Künstleragentur, der an dem Datum, das ihm der Marquis als Kennzeichnung gegeben hat, in der Tat das Verbrechen begangen hat, das seiner Rolle an jenem Abend entsprach."

Fernand schüttelte den Kopf. "Ich habe keinen Grund, einen meiner Kollegen oder eine Kollegin zu verdächtigen!" sagte er würdevoll.

In diesem Moment winkte ihm der Barmann zu. "Herr Batteux wird am Telefon verlangt!"

Der Schauspieler ging in Richtung der Telefonzelle, die der Barmann ihm angezeigt hatte. Zu seiner Überraschung stand ich dort plötzlich neben ihm und sagte: "Lassen Sie mich abnehmen!"

"Aber...!" protestierte er, und sein Gesicht färbte sich rot vor Wut. Ich stieß den massigen Mann einfach zur Seite, und es gelang mir, vor ihm den Hörer zu ergreifen.

Da war sie wieder, diese brüchige Grabesstimme. "Fernand Batteux?" fragte sie tonlos. "Hier spricht Olle Davidson..."

"Aber..."

"Kaufen Sie sich eine Fahrkarte zur Hölle. Wir werden uns dort bald wiedersehen..."

Dann wurde eingehangen. Batteux schien alles mitgehört zu haben. Bleich bestürmte er mich mit Fragen. Ich bestellte bei dem Barmann noch ein Glas seines Lieblingsgiftes, ein buntschillerndes, stark parfümiertes Getränk, und ließ ihn mit sich und seinen Fragen allein. Weder Maud Martin noch Fernand Batteux schienen mir der ideale Täter zu sein. Aber es gab ja noch zwei andere, die ich befragen wollte...

*

Serge Bernsdorf, der junge Mann, der "zu allem fähig war", hatte sich mit mir in einem Park verabredet. Dort fand ich ihn auf einer Bank, wie er ein Brötchen mit den Tauben teilte.

Kaum hatte ich mich neben ihn gesetzt, blickte er mir ins Gesicht und sagte: "Ich habe Ihnen ein Geständnis zu machen. Gestern, bei der Polizei, habe ich nicht alles gesagt, was ich wußte..."

Plötzlich wurde er kreidebleich.

Er starrte auf etwas, das sich hinter mir im Park befand. Ich drehte mich um und bemerkte zwei Tauben, die er gefüttert hatte und die sich nun im Staub wanden und wie unter großen Schmerzen wild mit den Flügeln schlugen.

Bernsdorf schien so erschrocken, daß er kein Wort herausbrachte. Oder war es die Wirkung des...

Ich packte seinen Arm. "Schnell! Stehen Sie auf!" Der Mann war kalkweiß im Gesicht.

"Das Brötchen...! Mir ist schlecht...", keuchte er. Ich konnte den jungen Mann zu meinem Wagen schleifen, den ich in der Nähe geparkt hatte. Schon nach den ersten hundert Metern sackte Bernsdorf auf dem Beifahrersitz röchelnd zusammen. Fieberhaft wählte ich mit meinem Autotelefon die Nummer des Kommissars. "Bourdon? Rufen Sie den Notarzt! Er muß einen Magen auspumpen! Ich bin mit dem Mann in zwei Minuten da!"

Bernsdorf schlug die Augen auf. "Wo und wann haben Sie die Brötchen gekauft?" fragte ich ihn.

"In der Bäckerei... heute morgen. Eines hab' ich sofort gegessen..."

Ihm fiel das Sprechen sichtlich schwer. Doch nach einer Pause fuhr er fort: "Die anderen beiden... habe ich mir fürs Frühstück ... im Park aufgespart."

"Bernsdorf! Waren Sie heute morgen allein in Ihrer Wohnung, oder hatten Sie Besuch?"

"Ja... Besuch...", röchelte er. "Es... es war gräßlich! Olle... Olle Davidson..."

Dann verlor er das Bewußtsein.

Ich hielt vor dem Polizeirevier und rannte durch die Eingangshalle. Auf halbem Weg kamen mir der Kommissar und der Arzt entgegen.

"Vergiftung?" fragte der Arzt. Ich nickte.

"Er liegt dort unten!" sagte ich. Wir hasteten in Richtung Straße. Unterwegs fragte mich Bourdon: "Irgendein Verdacht, von wem er vergiftet wurde?"

"Ja!" antwortete ich. "Das Gift war in einem Brötchen, das er in meiner Gegenwart gegessen hat. Und vergiftet hat es... Olle Davidson!"

Inzwischen waren wir bei meinem Wagen angekommen. Der Arzt riß die Tür auf. "Wo ist der Vergiftete?" fragte er und zeigte auf die leeren Sitze. Serge Bernsdorf war verschwunden!

9. Kapitel

VERA BERGET

"Das ist eine Verschwörung!" stöhnte Bourdon und hob die Arme anklagend zum Himmel. Ich entdeckte an der Windschutzscheibe ein Blatt Papier, auf dem ein einziges Wort gekritzelt war: "Olle".

Im Büro des Kommissars wählte ich die Nummer von Maud. Nach endlosen Sekunden nahm sie ab. "Öffnen Sie niemandem! Nicht mal mir!" schärfte ich ihr nochmals ein.

Dann erzählte ich ihr in knappen Worten, was mit Serge Bernsdorf geschehen war. "Vergiftet? Haha-ha, wir sitzen alle in einem Boot!" Ihr glockenhelles Lachen irritierte mich. "Und was ist mit Batteux?"

"Er hat, genau wie Sie, telefonische Morddrohungen erhalten!" antwortete ich. Wieder dieses glockenhelle Lachen, das mich so irritierte. "Und Vera Berget?" fragte Maud am anderen Ende der Telefonleitung.

Mir fiel siedendheiß ein, daß ich die brünette Schauspielerin noch nicht kontaktiert hatte.

Ich schärfte der schönen Maud nochmals ein, niemandem die Tür zu öffnen.

"Versprochen, Rick! Ich werde nicht nochmals meine Tür öffnen!"

"Was soll das heißen?" fragte ich verblüfft.

"Ich habe sie geöffnet. Ein einziges Mal!"

"Wer war an der Tür? Wer?"

"Rate, Rick, rate..."

Bis jetzt gehörte die Stimme eindeutlg Maud. Aber plötzlich war da übergangslos die brüchige, kalte Totenstimme. "Rate, Rick, rate..." Dann wurde der Hörer aufgelegt.

"Schnell, Kommissar! Fahren Sie zu Maud Martin! Etwas Seltsames geht dort bei ihr vor!"

"Gut! Und Sie, Rick?"

"Ich fahre zu Vera Berget! Hoffentlich komme ich nicht zu spät..."

Minuten später saß ich in meinem Wagen und fuhr los. Mein Blick fiel auf einen Zettel, der an die Windschutzscheibe geheftet war. Dort stand in blutroten Lettern: "Zu spät!"

*

Vera Berget putzte gerade den Steg, der zu ihrem Hausboot auf der Seine führte. Sie brachte mich in das gemütlich eingerichtete Wohnzimmer, und ich berichtete ihr die jüngsten Ereignisse.

"Und Sie? Haben Sie keine Drohungen erhalten?" fragte ich zum Schluß.

"Weder Drohungen, noch hat man versucht, mich zu vergiften!" lachte Vera. "Ist das sehr verdächtig?"

"Nicht unbedingt!" antwortete ich und dachte unwillkürlich an den Zettel, der an meiner Windschutzscheibe befestigt worden war. Diesmal hatte sich der geheimnisvolle Mörder getäuscht...

"Jedenfalls bin ich in der Lage, mich zu verteidigen", sagte Vera und zog aus einer Schublade einen kleinen, eleganten Damenrevolver, den sie auf mich richtete. "Und nun möchte ich, daß Sie gehen, Rick!"

Eine schnelle Drehung hätte genügt, und der Revolver wäre in eine Ecke geflogen. Aber ich erhob mich und spielte den Beeindruckten.

"Ich brauche keinen Schutz!" sagte Vera eigensinnig, und ich verließ das Hausboot.

Ich begab mich geradewegs zum Polizeirevier. Bourdon war ratlos. "Die Wohnung von Maud Martin war aufgeräumt, alles stand an seinem Platz. Nur das Mädchen war nicht da", berichtete er.

Von Bernsdorf konnte er nur berichten, daß der noch nicht wieder bei Bewußtsein war. Batteux wurde rund um die Uhr von Beamten in Zivil beschattet.

Ich erzählte von Vera Berget. "Sie hat etwas zu verbergen, etwas sehr Wichtiges. Und dennoch hat sie jeden Schutz abgelehnt!"

"Um so mehr Grund, auch sie beschatten zu lassen", meinte der Kommissar.

Ich bot mich an, den Job selber auszuführen. Insgeheim hoffte ich, so etwas mehr über Vera zu erfahren und mich für die Freundlichkeit, mir einen Revolver unter die Nase zu halten, revanchieren zu können.

10. Kapitel

DIE BESCHATTUNG

Ich parkte meinen Wagen so, daß ich das Hausboot und den blauen Renault der Schauspielerin im Blick hatte. Auf dem Hausboot tat sich nichts.

Nach einer Weile schlich ich hinüber und preßte mein Ohr an die Tür. Vera telefonierte. "Ja... einverstanden... Komm nicht her, das ist zu gefährlich... Rick Master hat einen Verdacht... Wie sonst, wenn ich dich zum Bahnhof mitgenommen habe... Selbe Stelle, selbe Zeit..."

Ich hatte gerade noch Zeit, in meinen Porsche zurückzuhuschen. Dann schritt Vera auch schon über den Steg und setzte sich in ihr Auto.

Ich folgte ihr quer durch die Stadt. Vor einer Kreuzung überholte mich ein BMW, der dann abrupt abbremste. Die Ampel sprang auf Rot um. Ich sah, wie der blaue Renault in Richtung Nordbahnhof die Kreuzung überquerte.

Hatte Vera am Telefon nicht einen Bahnhof erwähnt? Ich war mir sicher, daß ich den blauen Renault dort wiederfinden würde, und bog in Richtung Nordbahnhof ab. Aber obwohl ich vor dem Bahnhof alles absuchte, fand ich keine Spur des blauen Wagens...

Ich hatte Vera unterschätzt. Wahrscheinlich hatte sie mich absichtlich auf eine falsche Fährte gelockt. Doch so schnell gab ich nicht auf. Ich raste in die entgegengesetzte Richtung, über den Boulevard Clichy in Richtung Montmartre. Und ich hatte Glück. Der blaue Renault parkte vor einem kleinem Hotel, das die Schauspielerin gerade betrat.

Ich wartete eine Weile. Unauffällig verließ ich dann meinen Porsche, schlenderte an dem schmuddeligen, billigen Hotel vorbei und warf einen Blick in die Halle. Vera mußte schon in einem der Zimmer verschwunden sein.

Ich setzte mich in eine kleine Bar, von der ich das Hotel voll im Blick hatte. Während der nächsten zehn Minuten betraten nur zwei Personen das Hotel: eine junge Frau und ein älterer Mann, der wie ein typischer Rentner aussah. Ich wartete noch einige Augenblikke, dann bezahlte ich meinen Kaffee.

Ich betrat die muffige Halle. Ein Typ im schmuddeligen Hemd, in eine Sportzeitung vertieft, saß hinter einem Schalter.

Ich räusperte mich, und der Kerl musterte mich schweigend von oben bis unten.

"Ich hätte gerne ein paar Auskünfte über eine Dame, braunes Haar, schlank, die vor zwanzig Minuten Ihr Hotel betreten hat", sagte ich höflich.

Der Mann schüttelte den Kopf. "Ich gebe keine Auskunft über unsere Gäste!" antwortete er grob. Dann vertiefte er sich wieder in seine Sportzeitung. "Oder sind Sie von der Polizei?" fragte er nach einer Weile, ohne aufzublicken.

"Nein! Ich bin Journalist!" Das schien überhaupt keinen Eindruck auf den Mann zu machen. Wie in einem billigen Kriminalroman zückte ich einen Geldschein und wedelte damit vor seiner Nase. Keine Reaktion. Ich verdoppelte, verdreifachte dann den Betrag.

"Ich scheiß' auf Ihr Geld!" brummte er. Ich wechselte die Methode. "Dann möchte ich ein Zimmer mieten!" sagte ich.

"Es ist kein Zimmer mehr frei!" antwortete der Mann kurz angebunden. "Und nun machen Sie, daß Sie Land gewinnen!"

"Und warum hängen dann so viele Schlüssel am Brett?" fragte ich und zeigte hinter ihn. In der Tat fehlten dort nur die Schlüssel der Zimmer 9,10, und 14. Alle drei Zimmer befanden sich auf der ersten Etage. In einem dieser Zimmer mußten sich jetzt Vera und ihr Komplize aufhalten...

"Wir haben kein Zimmer frei!" wiederholte der Schmuddeltyp eigensinnig.

"Nun gut! Dann werde ich jetzt meinen Auftraggeber anrufen!" versuchte ich eine neue Tour. "Der Kerl ist ziemlich gewalttätig und nicht gerade ein Schwächling. Wenn er hier aufkreuzt, wird von Ihnen und der Einrichtung nicht mehr viel übrigbleiben!"

Wortlos schob mir der Kerl ein Anmeldeformular über die Theke. "Füllen Sie das aus!" brummte er. "Das ist Vorschrift!"

Offensichtlich wollte er Zeit gewinnen. Ich füllte das Formular aus, und er brauchte eine halbe Ewigkeit, um alles zu kontrollieren. Endlich steckte er es in eine Schublade, und ich bezahlte im voraus. Dann überlegte er lange und gab mir den Schlüssel des Zimmers Nummer 33. "Es liegt im dritten Stock. Sie müssen die Treppe dort drüben nehmen..."

Er begleitete mich hinauf und schloß das Zimmer auf. Als er keine Anstalten machte, mir den Schlüssel auszuhändigen, riß ich ihn dem Kerl einfach aus der Hand und knallte ihm die Tür vor der Nase zu.

Ich wartete einige Minuten in dem schäbigen Zimmer und schlich dann zurück in den Flur. Auf Zehenspitzen ging ich hinab auf die Etage und horchte an der Tür des Zimmers Nummer 9. Ich hörte, wie eine junge Frau mit einem alten Mann stritt. Nein, das war nicht mein Paar.

Ich schlich weiter zu Zimmer 14. Nach ein paar Augenblicken tiefen Schweigens hörte ich eine leise Frauenstimme sagen: "Was sollen wir also tun?"

Eine Männerstimme antwortete: "Zuerst verschwinden wir von hier! Dann sehen wir weiter..."

Diesmal schien ich die richtige Tür erwischt zu haben. Ich glitt in den dunklen Teil des Flurs zurück, holte meine kleine Nikon aus der Tasche und wartete ab, den Finger am Auslöser... Ein Schlüssel wurde im Schloß gedreht. Ich preßte mich in eine Ecke und machte mich so klein wie möglich. Die Tür öffnete sich einen Spalt, und Vera schaute in den Flur.

Vera verließ das Zimmer, und hinter ihr trat ein großer Kerl, einen kleinen Schnurrbart auf der Oberlippe, auf den Flur.

Frederic! Der Chauffeur des Marquis' de Virlojal! Ich sprang aus meinem Versteck und machte aus zwei Metern Entfernung ein Blitzlichtfoto.

Wortlos drehte ich mich um und ging die Treppe hinunter. Da war Frederic hinter mir, packte mich am Kragen und zwang mich, ihn anzuschauen.

"Du dreckiger Spitzel glaubst doch nicht etwa, daß du dich einfach aus dem Staub machen kannst?" zischte er.

"Nimm ihm den Apparat ab!" schrie Vera.

"Laß mich das auf meine Tour erledigen!" antwortete Frederic und sagte, zu mir gewandt: "Wieviel verlangst du?"

"Ich bin nicht käuflich!" entgegnete ich kühl. Ohne Vorankündigung versetzte er mir einen Schlag in den Magen, der mich gegen das Geländer schleuderte. Dann sprang er mir in den Rücken und versuchte gleichzeitig, mir den Fotoapparat zu entreißen. Ich ließ mich der Länge nach fallen und schubste die Nikon über den Boden außer Reichweite.

Frederic wollte sofort hinter der Kamera her. Ein harter Schlag in die Nieren ließ ihn stolpern. Blitzschnell packte ich seine Hände und ließ ihn über die Schulter auf den Boden knallen.

Aus den Augenwinkeln beobachtete ich, wie Vera sich an uns vorbeischlängelte und nach dem Apparat greifen wollte. Aber ich war schneller... Wenn ich nicht sofort von ihr weggesprungen wäre, hätte sie mir die Augen ausgekratzt.

Ich rannte die Treppe hinunter. In der Halle saß der Typ noch immer hinter seinem Tresen. Er machte keine Anstalten, mich aufzuhalten...

11. Kapitel

AUF DER FÄHRTE DES BOXERS

Im Kommissariat herrschte dicke Luft. Wahrscheinlich hatte Bourdon ein paar passende Worte seiner Vorgesetzten über sich ergehen lassen müssen.

Auch als ich ihm von Vera und Frederic berichtet hatte, besserte sich seine Laune nicht.

"Die Leute haben ein Recht auf ihr Privatleben!" schnauzte er mich an. "Was ist schon Besonderes daran, wenn eine Schauspielerin ihr Verhältnis zu einem Chauffeur geheimhalten will?"

Ich lenkte schnell vom Thema ab und fragte: "Wer erbt eigentlich das große Vermögen des Marquis'? Ich meine, irgendwer muß doch der Nutznießer an seinem Tod sein..."

"Der Marquis hatte keine Kinder. Er hat sein ganzes Vermögen einigen Wohltätigkeitsorganisationen vermacht. Also auch von dieser Seite her... Fehlanzeige!" resignierte der Kommissar.

Mir ging etwas anderes durch den Sinn, eine Spur, die ich bislang übersehen hatte.

"Davidson hat mir von einem alten Schwergewichtsboxer erzählt, den er gegen einen jungen Mittelgewichtler in den Ring geschickt hat. Der hat ihn dann halb totgeschlagen. Der Mann hätte ein Motiv, Olle Davidson zu töten!"

"Ja, vielleicht ist das eine Spur", brummte Bourdon.

Ein Anruf in der Sportredaktion genügte, und ich kannte die Adresse von Kid Murphy. Natürlich stand auf keinem der Namensschilder Kid Murphy. Aber im vierten Stock hatte ich endlich Glück. Ein großer Mann mit einer tiefroten, dicken Nase im Gesicht öffnete mir. Auf meine Frage, ob er wisse, wo hier im Haus Kid Murphy wohne, antwortete er: "In dieser Wohnung. Was wollen Sie von ihm?"

"Ein Interview!" antwortete ich, und der Mann ließ mich wortlos eintreten.

Der schier endlos lange Flur war mit Dutzenden Photos in einfachen Metallrahmen geschmückt, die alle ein und denselben Boxer zeigten, zweifelsohne jenen einst berühmten Kid Murphy, ein Gebirge von einem Mann.

Der Mann, der mich eingelassen hatte, wies mit dem Daumen den Flur entlang, in Richtung der letzten Tür, die einen Spalt offen stand.

Eine innere Stimme warnte mich vor dieser Tür. "Kid Murphy? Sind Sie da?" fragte ich, bevor ich eintrat.

"Ich bin da", antwortete mir eine metallische Stimme. "Ja, ich bin Kid Murphy!"

Als ich mich an das Halbdunkel in dem Zimmer gewöhnt hatte, bemerkte ich, daß ich vor einem Vogelkäfig stand, in dem ein Papagei hockte.

"Hallo, wie geht's?" fragte er mich mit seiner metallischen Stimme und legte den Kopf schief.

"Hallo! Gut! Weißt du, wo Kid Murphy ist?" fragte ich den Papagei höflich.

"Genau hinter dir!" antwortete eine metallische Stimme hinter meinem Rücken, die so ähnlich klang wie die des Papageis.

Und dann erhielt ich einen Schlag in den Nacken, der mich mit einer Wucht fällte, als hätte mich ein Zehntonner umgefahren.

Als ich aus meiner Ohnmacht erwachte, durchsuchte ich die Wohnung nach Kid Murphy, fand aber keine Spur von ihm.

12. *Kapitel*

DER HINTERHALT

Als ich mich meinem Porsche näherte, bemerkte ich zwei große Kerle, die neben meinem Wagen an der Wand lehnten.

Ich zwang mich dazu, sie nicht zu beachten, schloß den Wagen auf und startete. Ohne Hast gingen die beiden Männer zu einem Ferrari, der zwanzig Meter weiter geparkt war.

Ich beschleunigte und überholte in halsbrecherischer Fahrt ein Dutzend Wagen. Doch der Ferrari ließ sich nicht abschütteln. Ich versuchte es mit einem alten Trick und bog in einen Park ein. Auf dem staubigen Weg bremste ich so scharf, daß mich eine Staubwolke verschluckte und der Wagen im Kreis herumzuschleudern begann. Dabei öffnete ich die Fahrertür, sprang aufs Autodach und bekam einen Ast zu packen. Ich schwang mich auf den Baum, während mein Porsche wieder auf den Weg zurückschleuderte.

Die Bremsen des Ferraris schrien auf. Die beiden Männer, Pistolen in den Fäusten, sprangen heraus und rissen die Fahrertür auf. Entgeistert starrten sie auf den leeren Sitz.

"Wo steckt er? In den Büschen?"

Die beiden Männer suchten die Umgebung ab. Im Ferrari saß auf dem Rücksitz eine dritte Person, bewegungslos in den Polstern zurückgelehnt.

Nach einigen Minuten kehrten die beiden Männer zu ihrem Wagen zurück und erstatteten der dritten Person im Fond Bericht.

"Durchlöchert seine Reifen!" ordnete er an. Einer der Männer zog ein Messer. Mir gefiel das gar nicht. Ich zog meinen Revolver und zielte auf seine Beine. Er schrie auf und sank zu Boden. Sein Kumpan warf sich platt auf den Bauch. Er hatte nicht gesehen, aus welcher Richtung der Schuß gefallen war, und wollte nun den zweiten abwarten, um dann das Feuer zu erwidern.

Es herrschte gespannte Stille. Dann kroch der Mann mit dem Messer wie ein Indianer auf meinen Porsche zu. Ich schoß ihm eine Kugel vor die Nase, daß der Dreck hoch aufspritzte.

Sein Kumpan nutzte den Moment und ging hinter dem Ferrari in Deckung. Er schoß in Richtung der Bäume. Er hatte mich nicht genau lokalisiert, aber mir pfiffen die Kugeln ganz schön um die Ohren.

Inzwischen hatte der Mann im Fond das Fenster heruntergelassen und feuerte ebenfalls zu den Bäumen. Ich erwiderte das Feuer nicht. So konnte sich der Verletzte gefahrlos in den Ferrari ziehen. Dann verschwand der Sportwagen im aufziehenden Nebel.

Vorsichtig kletterte ich aus meinem Versteck. An meinem Porsche war die hintere Stoßstange kaputt, und zwei Kugeln hatten die Karosserie durchschlagen. Ich fand, es war an der Zeit, mich ebenfalls aus dem Staub zu machen...

13. Kapitel

ERGEBNISLOSE NACHFORSCHUNG

An diesem Abend besuchte mich Nadine. In den Fernsehnachrichten wurden unangenehme Fragen an die Polizei gestellt. Ich konnte mir die Laune des Kommissars vorstellen. Da klingelte es Sturm.

"Los, komm Rick", rief Bourdon durch den Flur.

"Wohin?" fragte ich.

"Unsere erste Station wird das Hausboot von Vera Berget sein. Ich bin sicher, sie weiß etwas. Und diesmal zwinge ich sie, es preiszugeben!" sagte der Kommissar.

"Darf ich euch begleiten?" fragte Nadine.

"Es ist gegen die Vorschriften!" gab der Kommissar zu bedenken. "Aber vielleicht vertraut sich Vera Berget ja lieber einer Frau an", lenkte er ein.

Wir hatten noch nicht die Brücke zu ihrem Hausboot betreten, als Vera die Tür aufriß.

"Verschwindet! Ihr habt kein Recht, mich zu quälen! Ich weiß nichts und schwebe in Lebensgefahr!"

Ich ging auf sie zu und versuchte, sie zu beruhigen. "Wir sind hier, um sie zu beschützen, Vera! Vor wem haben Sie eigentlich Angst?"

"Vor 'ihm'... vor Olle Davidson! 'Er' hat mich mehrmals angerufen... Es war 'seine' Stimme... Ich kann nicht mehr... 'Er' hat gedroht..."

Dann wurde sie von heftigem Schluchzen geschüttelt. Nadine nahm sich ihrer an und führte sie ins Wohnzimmer. "Bitte, sagen Sie uns alles", flehte Nadine sie an.

"Aber ich habe nichts zu sagen! Ich weiß wirklich nicht, was 'er' gegen mich oder meine Kollegen hat..."

"Wenn es irgendeine andere Verbindung als das Engagement an jenem verhängnisvollen Abend zwischen ihnen und dem Marquis gegeben hat, dann berichten Sie uns jetzt davon!" sagte ich ernst.

"Nein, nein! Ich kannte den Marquis zuvor gar nicht!" schrie Vera unter Tränen.

"Und Frederic, seinen Chauffeur?"

"Ich fühlte mich allein... Ich brauchte etwas Verständnis und Trost..."

"Sie haben ihn also schon vor jenem Abend im Filmstudio gekannt?" unterbrach Bourdon sie grob.

"Nein, er hat mich an jenem Abend abgeholt und mich auch wieder zurückgefahren. Er war mir irgendwie sympathisch!"

"Und warum dieses geheime Treffen in der Absteige?" fragte Bourdon barsch.

Vera hob resignierend ihre schönen Schultern. "Weil Frederic eine sehr eifersüchtige Freundin hatte, die ihm hinterherspioniert!"

"Ich möchte wissen, warum 'er' die Schauspieler jenes Abends so hartnäckig jagt!" dachte Nadine laut.

"Vielleicht glaubt der Mörder von Gil Lyon und Olle Davidson, daß er einen Fehler gemacht hat und ihn die Schauspieler dabei beobachtet haben!" antwortete ich.

Der Kommissar sah ein, daß wir von Vera nichts Neues erfahren würden. Seine Laune verschlechterte sich noch mehr, als uns das gleiche mit Fernand Batteux, dem eitlen Schauspieler, widerfuhr.

Und wieder war ein Tag vergangen, der uns keinen Schritt weitergebracht hatte...

14. Kapitel

Die letzte Entführung

Am nächsten Morgen suchte ich schon früh den Kommissar auf. "Irgend etwas Neues über das Verschwinden von Maud und...?"

Sein flackernder Blick ließ mich verstummen. "Das kann man wohl sagen... Die anderen sind auch verschwunden!"

Er brach in nervöses Lachen aus. Ich betrachtete ihn voller Unruhe. Bourdon war bestimmt kein Genie im Polizeidienst, aber er verlor nur sehr selten seine Kaltblütigkeit. "Alle vier sind entführt?" fragte ich.

Statt einer Antwort winkte er Ledru herbei. "Holen Sie die Hausmeisterin von Fernand Batteux!" Eine rundliche, ältere Frau stand wenig später im Büro. "Frau Vassal, wiederholen Sie bitte, was Sie uns erzählt haben!"

"Letzte Nacht, es mag Mitternacht gewesen sein, bin ich durch laute Schritte im Treppenhaus geweckt worden. Dann wurde auf der Straße ein Motor angelassen. Ich bin schnell ans Fenster und sah, wie zwei Kerle, die ihre Gesichter hinter Schals versteckt hatten, den armen Herrn Batteux zum Einsteigen zwangen!"

"In was für einen Wagen ist er eingestiegen?" unterbrach ich die gute Frau.

"In einen Bus, in einen dieser großen Busse für Touristen... Und außer dem Chauffeur gab es da noch andere Fahrgäste... Zwei Frauen und ein Mann!"

"Aller Wahrscheinlichkeit nach die anderen Schauspieler", stöhnte der Kommissar.

"Und die Autonummer? Haben Sie sich die merken können, Frau Vassal?"

"Ja!" entgegnete sie stolz. "Trotz meiner argen Kurzsichtigkeit!"

"Ich habe die Sache untersuchen lassen", schaltete sich Bourdon ein. "Als der Rolls des Marquis' gefunden wurde, fehlten die Nummernschilder. Aber die Nummer des Rolls entspricht der, die Frau Vassal genannt hat!"

Als die Hausmeisterin gegangen war, seufzte der Kommissar auf. "Von Anfang an war alles nur Theater, außer den Leichen natürlich! Die sind leider echt! Die Schauspieler haben ihre Rollen einfach weitergespielt, könnte man meinen. Und jetzt werden sie auch noch abgeholt... wie zu einer Tournee!"

Wir schauten uns an. Welche Tournee konnte das sein? Ihre letzte Tournee?

Als ich das Kommissariat verließ, war ich immer noch verblüfft. Die ganze Sache hatte in der Tat etwas sehr Irreales an sich. Der Vorhang hatte sich über alle Schauspieler gesenkt, außer über mich...

Ich näherte mich meiner Wohnung, als mir im Rückspiegel ein großer, blauer Amischlitten auffiel, der sich hinter mich geklemmt hatte.

Vielleicht war das nur Zufall, aber ich hatte wirklich Grund, mißtrauisch zu sein. Ich wählte viele Abzweigungen, um ganz sicher zu sein. In gebührendem Abstand folgte mir der Wagen selbst durch die engsten Seitenstraßen.

Es hatte zu regnen angefangen, ein schmutziger Nieselregen, der die Windschutzscheibe verschmierte. Den Fahrer des Wagens hinter mir erkannte ich nur als dunkle Silhouette. Ich trat plötzlich das Gaspedal durch. Der blaue Wagen beschleunigte ebenfalls, scherte aus und schien mich überholen zu wollen. Der Fahrer verbarg sein Gesicht hinter einer großen Sonnenbrille. Dennoch kam er mir irgendwie bekannt vor. Ich ging auf sein Spiel ein und ließ ihn überholen...

Kaum hatte sich das Auto vor mich gesetzt, verlangsamte es seine Geschwindigkeit beträchtlich. Ich bremste ab und hielt mich in Sichtweite seiner Rücklichter. Der Mann mit der Sonnenbrille fuhr in der Straßenmitte, so daß ich nicht überholen konnte. Hinter mir hupte jemand laut. Ein riesiger Bus füllte meinen Rückspiegel aus. Ohne Zweifel der Bus der Entführten!

Ich war zwischen den beiden Fahrzeugen hoffnungslos eingeklemmt. Und der Fahrer des Amischlittens verlangsamte seine Fahrt immer mehr und hielt schließlich an. Ich stoppte ebenfalls. Das Kreischen von Bremsen dröhnte mir in den Ohren. Auch der große Bus war zum Stehen gekommen... wenige Zentimeter vor meiner hinteren Stoßstange!

Als ich den Wagen verließ, kamen mir schon der Fahrer mit der großen Sonnenbrille und der Busfahrer entgegen. Jetzt erkannte ich den Mann, der sein Gesicht hinter den dunklen Gläsern zu verbergen suchte: Es war Ludovic, der Sekretär des Marquis. Und der breitschultrige, große Typ war Frederic, der Chauffeur.

"Steigen Sie ein", schlug er mir freundlich vor und öffnete die Bustür.

Ich schüttelte ebenso freundlich den Kopf und sagte: "Nein!"

"Das werden wir ja sehen!" sagte der Riese lächelnd. Seine Hände schossen vor und umklammerten meinen Hals.

Ich gehorchte und stieg ein. Frederic zeigte auf einen der zahlreichen freien Sitze im Bus. Ich wirbelte herum, weil ich nicht alles widerstandslos über mich ergehen lassen wollte. Da traf mich ein Schlag im Nacken.

Der Boden des Busganges kam mir rasend schnell entgegen. Mein letzter Gedanke war, daß dieser Boden, Gott sei Dank, mit einem beigen, dicken Teppichboden ausgelegt war, der meinen Sturz abfedern würde...

15. Kapitel

Angeklagter, stehen Sie auf!

Jetzt ist der Zeitpunkt da, an den Beginn meines Berichtes zurückzukehren, als ich den langen, mir unbekannten Flur herunterging und ich mich plötzlich wieder an alles erinnerte...

Man hatte mir zweifelsohne ein Schlafmittel eingeflößt und mich im Bus hierher transportiert. Ich war mir gewiß, daß ich am Ende dieses Flures eine Antwort auf alle ungelösten Fragen dieses Falles finden würde.

Der Flur mündete in eine große Treppe, die in eine weitläufige Halle hinabführte. Sie war der exakte Nachbau jener Kulissen im Studio 2 des Filmgeländes. Oder der Marquis hatte für jenen Abend diesen Saal im Studio 2 exakt nachbauen lassen...

In der Mitte des Saales stand ein langer, mit Schnitzereien verzierter Tisch. Am Kopfende dieses Tisches bemerkte ich den Marquis, umgeben von... fünf Personen in wollenen Kutten. Fünf, nicht sieben wie beim ersten Mal. Es gab zwei freie Plätze, jenen, den am ersten Abend der verbrecherische Romanautor, gespielt von Gil Lyon, eingenommen hatte, und den, der für mich, Rick Master, vorgesehen war.

Der Marquis genoß sichtlich mein Erstaunen. "Wir haben nur noch auf Sie gewartet, mein Lieber!" rief er erfreut aus.

"Ich bin froh, daß wir uns wiedersehen, Marquis! Und ich bin froh, Sie bei guter Gesundheit anzutreffen! Das letzte Mal hielt ich Sie für tot, ermordet in Ihrer Zweitwohnung. Welch Realismus! Alle die Schauspieler, die Sie engagiert haben, könnten von Ihnen noch viel lernen!" antwortete ich.

Der Marquis verbeugte sich lächelnd. "Ich gebe zu, daß ich von Anfang an bei der Inszenierung dieses Melodrams ein Ziel verfolgt habe: Ich wollte den Mörder verunsichern, ihn ständig von neuem überraschen und ihn in Zugzwang bringen!"

"Und die Schauspieler, haben sie diese Kommödie des Schreckens und der Entführungen nach Ihren Anweisungen gespielt?" fragte ich.

"Sie hatten keine andere Wahl!" gab der Marquis mit Genugtun zu. "Ich habe ihnen eine goldene Brükke gebaut. In wenigen Tagen würden aus völlig unbekannten Akteuren große Stars werden! Das war mein einziges Versprechen!" Ich spürte ein leichtes Bedauern.

"Also hat Maud Martin die Drohungen von Olle Davidson nach Ihrem Drehbuch bloß geschauspielert. Ebenso Bernsdorf seine Vergiftung, und er ist dann selber aus meinem geparkten Wagen geflohen... Vera Berget und Ihr getreuer Chauffeur Frederic haben mich ganz bewußt auf eine falsche Fährte gelockt. Und die Jagd auf mich im Park? Ein Mann wurde dabei verletzt!" gab ich zu bedenken.

"Der Mann war ein Stuntman, von mir engagiert. Es war sein Berufsrisiko", sagte der Marquis gleichmütig.

"Ich hoffe, Sie haben sich bei diesem Spiel genauso gut amüsiert wie ich", meinte ich. "Ich habe nämlich auch nur mitgespielt, um den wahren Mörder zu verwirren."

"Ah, wirklich?" entgegnete Virlojal und lächelte skeptisch. "Dann wollen wir nun das Spiel gemeinsam zu Ende bringen. Und damit Sie nicht auf falsche Gedanken kommen, habe ich Maßnahmen ergriffen, die mir Ihre Gegenwart garantieren!"

Ich warf einen Blick in die Ecke, wo der Chauffeur mit verschränkten Armen und eindeutigem Grinsen stand. Der Sekretär und der Hausmeister des Marquis' bewachten die beiden Türen des Saales.

"Außerdem haben wir Ihnen ein Schlafmittel eingeflößt, das ausgezeichnet gewirkt hat, wie man an Ihren Reaktionen jetzt noch erkennen kann!" fügte der Marquis hinzu.

"Ich finde Ihre Methoden zwar etwas merkwürdig, lieber Marquis, aber wenn Sie meine Anwesenheit bei diesem Zusammentreffen unbedingt wünschen, gerne!"

"Einverstanden!" nickte der Marquis. "Ich habe gute Gründe, so zu handeln. Ich möchte nicht, daß sich die Polizei in diese Angelegenheit einmischt. Jedenfalls nicht bis zu dem Moment, den ich selbst bestimmen möchte!"

Die ganze Zeit über waren die anderen am Tisch stumm und bewegungslos wie Puppen.

"Bitte, nehmen Sie Platz!" fuhr er fort und zeigte auf den Stuhl, der für mich reserviert war.

Ich setzte mich gerne. Die Wirkung des Schlafmittels war noch nicht vorüber, Beine und Arme waren noch wie betäubt. "Erlauben Sie mir, daß ich Ihnen einige Fragen stelle?"

"Nur zu!" antwortete der Marquis gönnerhaft.

"Zuerst: Wo sind wir?"

"In meinem Landhaus in Chantilly!"

"Können Sie mir sagen, warum Sie selber verschwunden sind und aus welchem Grund Sie die Schauspieler, die Sie für jenen Mord-Abend engagiert hatten, in diesem Gespenster-Bus haben verschwinden lassen?" fuhr ich fort.

"Ich gestehe, ich bin meinem Theaterinstinkt gefolgt. Und hatte ich nicht recht? Ist es mir nicht gelungen, Sie zu verwirren? Und hat sich der arme Kommissar Bourdon nicht vor lauter Verzweiflung seine letzten Haare ausgerauft?" Der Marquis kicherte vergnügt.

"Das stimmt! Dürfte ich Ihn vielleicht anrufen und ihm versichern..."

"Später, später!" winkte der Marquis ab. "Jetzt ist die Zeit noch nicht reif!"

Der Marquis macht eine Pause, um dann mit Nachdruck fortzufahren: "Ich habe lange über diese beiden Morde an jenem Abend nachgedacht. Ich fühlte mich in gewissem Sinne dafür verantwortlich, und ich habe beschlossen, daß ich selber eine Lösung herbeiführen sollte!"

"Und das ist Ihnen gelungen?"

"Ja!" entgegnete er ernst. "Dabei habe ich mich ganz von meiner Intuition leiten lassen. Bezüglich des Täters habe ich beschlossen, ihn in dieselbe Situation zu versetzen wie damals. Das ist der Grund, warum hier alle wieder versammelt sind, die an jenem Abend dabei waren... außer Gil Lyon und Olle Davidson, versteht sich. Selbstverständlich erhalten die Schauspieler und Sie für diesen Abend noch einmal eine beträchtliche Gage!"

"Wie großzügig von Ihnen!" unterbrach ich ihn und wies auf die Personen, die in ihren Kutten bewegungslos und stumm am Tisch saßen.

"Ich vermute, daß hier Maud Martin sitzt, die damals die Rolle der Diebin gespielt hat. Und dort Vera Berget, die verbrecherische Autofahrerin!" fuhr ich fort.

Die beiden Angesprochenen verneigten sich stumm. "Dann haben wir noch den Erpresser, gespielt von Batteux, und den jungen Mann, der zu allem fähig ist, verkörpert von Serge Bernsdorf. Bleibt noch der leere Platz, an dem Gil Lyon, der Romanautor, hätte sitzen sollen, und den Sie leider nicht von den Toten auferwecken konnten. Und nun zum letzten der Tischgäste... bei dem es sich vermutlich um den Darsteller des verantwortungslosen Arztes handelt und der der große Unbekannte in unserem Spiel ist. Er ist der Täter, nicht wahr?"

"Genau!" stimmte der Marquis zu. "Ich hoffe, Sie verzeihen mir, mein lieber Rick Master, daß ich Ihnen um eine Nasenlänge voraus war und den Mann, der zwei Verbrechen begangen hat, überführt und festgenommen habe!"

"Spannen Sie mich nicht länger auf die Folter, lieber Marquis!"

"Einverstanden!" Mit einer großen Geste und donnernder Stimme wandte sich Virlojal an die Geladenen. "Wenn ein Stück zu Ende ist, fällt üblicherweise der Vorhang. Diesmal soll er ausnahmsweise wieder aufgezogen werden!"

Daraufhin ließen alle Gäste bis auf einen ihre Kutten fallen. Ich erkannte die blonde Maud Martin, die schöne Vera Berget, den eitlen Fernand Batteux und Serge Bernsdorf mit seinem zynischen Grinsen. Nur die Person, die damals den verantwortungslosen Arzt gespielt hatte, behielt ihre Kutte an.

"Das ist nicht fair, Marquis!" protestierte ich. "Sie behalten Ihr As im Ärmel!"

Virlojal zog die Augenbrauen zusammen und wandte sich an die Person in der Kutte. "Angeklagter, stehen Sie auf und demaskieren Sie sich!" Eine erstickte Stimme antwortete ihm aus der Kapuze: "Zum Teufel mit Ihnen! Ich bin nicht schuldig! Sie haben kein Recht, sich über die Gesetze hinwegzusetzen!"

Auf ein Zeichen des Marquis' stürzte sich der Chauffeur auf den Widerstrebenden und riß ihm die Kutte von den Schultern.

Zum Vorschein kam ein zusammengestauchtes Gesicht, verzerrt vor Wut, das Gesicht eines alten Kämpfers, das vom Schicksal und von vielen Schlägen gezeichnet war. Es kam mir bekannt vor, ich hatte vor Jahren Fotos in Sportzeitungen gesehen...

"Aber das ist...", rief ich aufgeregt.

"Ja!" unterbrach mich der Marquis. "Das ist Kid Murphy, der Ex-Schwergewichtsmeister, den Olle Davidson wieder in den Boxring gebracht hat und der damals die schlimmste Niederlage seiner Karriere einstecken mußte. Eine grausame, erniedrigende Niederlage, ein richtiges Massaker! Diesen Kampf zu veranstalten, war ein Verbrechen... und er hat sich durch zwei Verbrechen dafür gerächt!"

"Das stimmt nicht!" schrie Kid Murphy und bäumte sich auf. Auf ein Zeichen des Marquis' zwangen ihn der Chauffeur und der Hausmeister auf seinen Stuhl zurück.

"Meinen Glückwunsch!" gratulierte ich. "Aber warum gleich zwei Verbrechen?"

"Das erste, der Mord an Olle Davidson, geschah aus Haß! Ein perfektes Verbrechen, denn nur Olle wußte, wer die Rolle des verbrecherischen Arztes spielte. Eine perfekte Gelegenheit für Murphy, sich zu rächen und danach unerkannt zu verschwinden!"

"Das mag so gewesen sein!" gab ich zu. "Aber warum dann der zweite Mord? Warum hat Murphy Gil Lyon getötet?"

"Ich gestehe, daß ich das genaue Motiv noch nicht herausbekommen habe!" antwortete der Marquis irritiert.

"Hm... Vielleicht kann ich Ihnen helfen", warf ich ein. "Erinnern Sie sich, was ich damals gesagt habe? Gil Lyon war groß und schlank, genau wie Sie, Marquis. Er hat Gil mit Ihnen verwechselt, denn Sie waren sein eigentliches Opfer..."

"Ich?" fragte der Marquis scheinheilig und legte unschuldsvoll die Hand aufs Herz.

"Ja, Sie! Der letzte Kampf von Kid Murphy wurde zwar von Olle Davidson organisiert, aber Sie waren der Auftraggeber. Stimmt's?"

"Stimmt!" bekannte Virlojal. "Aber ich habe nur das nötige Geld vorgestreckt, um Olle Davidson zu helfen. Für den Kampf selber fühlte ich mich nicht verantwortlich!"

"Aber in seinem blinden Haß hat Murphy sie alle beide für seine Niederlage verantwortlich gemacht!"

Murphy warf mir einen abschätzigen Blick zu. "Sie halten also zu dem da?" fragte er mich in anklagendem Ton. "Ich habe Davidson nicht umgebracht! Außerdem wußte ich nicht, daß der da den Kampf finanziert hatte!"

Ohne ihm Beachtung zu schenken, fuhr ich fort: "Aber es gibt noch eine Erklärung! Die Polizei hat herausgefunden, daß Gil Lyon ein Erpresser war. Er war Zeuge eines Autounfalls, bei dem ein Kind getötet wurde. Der Verkehrsrowdy kümmerte sich nicht um das Opfer, sondern beging Fahrerflucht. Und wenn diese Person nun Murphy gewesen ist?"

"Noch so eine Geschichte!" brummte Kid Murphy gereizt. "Das ist ein abgekartetes Spiel, um mir etwas anzuhängen!"

"Haben Sie ein Auto, Murphy?"

"Ja! Aber ich hab' noch nie ein Kind überfahren! Und Gil Lyon hat mich nie erpresst! Und ich war auch nicht an dem Abend dabei, als die Morde passiert sind! Ich bin unschuldig... total unschuldig!"

"Diesmal ist es an mir, Sie zu beglückwünschen, mein lieber Rick!" ergriff der Marquis das Wort. "Ich weiß nicht, welche Ihrer beiden Theorien die richtige ist, aber beide liefern ein schlüssiges Motiv, warum Murphy die Morde begangen hat!"

"Halt! Nicht so vorschnell, Marquis!" unterbrach ich ihn.

Der Marquis sah mich gespannt an. "Wie erklären Sie sich denn, daß Murphy aus dem abgeschlossenen Studio fliehen konnte?" fragte ich.

Ein triumphierendes Lächeln glitt über Virlojals Lippen. "Er hat den Maschinisten und die Garderobenfrau bestimmt bestochen! Das ist die einzige Möglichkeit!"

"Aber dafür gibt's keine Beweise!"

Der Marquis zuckte mit den Schultern. "Wenn sie seine Komplizen waren, werden sie nicht gestehen! Aber haben Sie denn eine andere Erklärung?"

"Ja, es gibt eine andere Erklärung, Marquis! Sie haben recht überzeugend und gut den Amateur-Detektiv gespielt. Aber vergessen Sie bitte nicht, daß Sie mich engagiert haben, damit ich die Lösung herausfinde!" widersprach ich ihm.

"Bitte, wir hören zu!" entgegnete der Marquis und beugte sich gespannt vor.

"Nehmen wir einen Augenblick an, daß der Maschinist und die Garderobenfrau in Wahrheit niemanden gesehen haben, der den Saal an jenem Abend verlassen hat", sagte ich in ruhigem Ton.

"Das ist unmöglich!" ereiferte sich der Marquis. "Der verbrecherische Arzt, also Murphy oder wer auch immer die Rolle gespielt haben mag, ist nach den beiden Morden verschwunden. Und wie? Die Studiotür war verriegelt. Also konnte er nur mit der Hilfe des Maschinisten oder der Garderobenfrau heraus! Das ist doch offensichtlich!"

"Offensichtlichkeiten täuschen manchmal!" gab ich zu bedenken.

"Nach dem Eintreffen der Polizei wurden die Ausgänge streng bewacht und das ganze Studio von oben bis unten durchsucht. Wenn der Täter sich versteckt hätte, er wäre unweigerlich aufgestöbert worden!"

Nun war es an mir, triumphierend zu lächeln. "Und dennoch versichere ich Ihnen, Marquis, daß er sich weder versteckt, noch daß er das Studio verlassen hat!"

Virlojal schien wirklich verblüfft zu sein. "Dann muß es ein Geist gewesen sein!"

"Nein! Der Täter ist noch sehr lebendig!" widersprach ich ihm.

"Können Sie den Mörder, der sich so plötzlich dematerialisiert haben soll, hier und jetzt benennen?" fragte Virlojal.

"Aber gewiß doch! Derjenige, der die beiden Verbrechen begangen hat, ist hier unter uns, in diesem Zimmer, wie er an jenem Abend auch im Studio war!"

"Worauf warten Sie? Den Namen!"

"Ich warte darauf, daß er sich selber verrät!" sagte ich lächelnd.

"Ist es einer der Gäste, oder...?"

Ich ließ meinen Blick durch das Zimmer wandern. Die Schauspieler am Tisch beobachteten mich aufmerksam. Der Marquis gab sich den Anschein, als verstünde er die Welt nicht mehr. Und Kid Murphy sah mich voller Hoffnung an, weil ich anscheinend jeden Verdacht von ihm abgelenkt hatte. Die Leute des Marquis', der Chauffeur, der Sekretär und der Hausmeister, standen gelassen auf ihren Posten.

"Und wie wollen Sie den Täter dazu bringen, daß er sich verrät?" fragte Virlojal.

"Einfach! Wir veranstalten noch einmal ein Mörder-Spiel!" Die beiden Schauspielerinen protestierten sofort, doch der Marquis brachte sie mit ein paar Worten zum Schweigen.

"Frederic, Ernest und Ludovic werden nun das Zimmer verlassen. Der letzte wird das Licht ausmachen. Einverstanden?"

"Einverstanden!" stimmte Virlojal zu. Die Bediensteten des Marquis' gingen langsam auf den Ausgang zu. "Und Sie glauben, daß der Täter handeln wird?"

"Gewiß!" antwortete ich. "Das ist seine einzige Chance. Denn er weiß, daß ich ihn kenne!"

"Soll ich wirklich?" fragte Ernest, der Hausmeister, die Hand am Lichtschalter.

"Ja!" befahl der Marquis. "Und dann verlassen Sie das Zimmer und schließen die Tür hinter sich!"

Sekunden später lag der Saal im Dunkeln. Offensichtlich hatte der Täter sich in Bewegung gesetzt, denn ich hörte, wie ein Stuhl gerückt und eine Schublade geöffnet wurde. Vielleicht hatte er sich mit einem Messer bewaffnet. Und dann hörte ich sein unterdrücktes Atmen, kaum zwei Schritte von mir entfernt.

Es gelang mir, ihn zu umklammern, aber er behielt beide Arme frei. Ich spürte einen stechenden Schmerz am Hals! Aber der Stich war nicht tief genug... noch nicht!

Erschreckte Schreie gellten auf. "Hilfe! Macht das Licht an!"

Mir gelang es, die Hand zu packen, die das Messer hielt. Ich verletzte dabei meine Finger, aber ich presste dennoch mit all meiner Kraft die Faust des Angreifers zusammen.

Ich merkte, wie er schwächer wurde. Er öffnete die Faust, aber nur, um das Messer in die linke Hand überzuwechseln. Dieser Moment genügte mir. Ich schlug zu. Ein Schrei. Ich hörte, wie das Messer auf das Parkett fiel.

Aber er gab noch nicht auf. Seine beiden Hände zerrten an meiner Gurgel. Mir stockte der Atem. Ich tastete mit einem Fuß voran. Dann traf ich mit voller Wucht ein Bein oder ein Knie. Der Mann stieß ein Schmerzgeheul aus und sank zu Boden.

Ich tastete mich an der Wand entlang, in Richtung des Lichtschalters, wobei ich den einen oder anderen aus dem Weg schubste.

Das Licht blitzte auf. Erstarrt sahen die "Gäste" in die Richtung, in der sich ein Körper auf dem Boden wand und sein Knie umklammert hielt. Diesmal würde der Täter sich nicht aus dem Staub machen können... der Marquis de Virlojal!

Die Polizei traf kurz darauf ein und besetzte das Anwesen. Man schiente das gebrochene Bein des Marquis' und bettete ihn auf ein Sofa.

Bourdon bestürmte mich mit Fragen. "Bitte, erkläre mir alles, Rick!"

Die Schauspieler, die Bediensteten des Marquis' und Kid Murphy hingen gespannt an meinen Lippen.

"Gil Lyon hat Virlojal erpreßt!" begann ich. "Denn der Marquis war der Fahrer, der den tödlichen Unfall verschuldet hatte. Gewiß, der Marquis ist sehr reich, aber vielleicht wurden Gils Forderungen doch unverschämt!"

Der Marquis unterbrach mich. Er sagte trocken, ganz Herr seiner selbst: "Ich konnte es nicht ertragen, daß Lyon mich in der Hand hatte. Ich beauftragte Davidson, dieses Mörder-Spiel zu organisieren. Er wußte, daß ich Lyon bei dieser Gelegenheit zum Schweigen bringen wollte. Ich hatte ihm meinen Rolls Royce dafür versprochen. Er allein wußte, daß ich selber den Täter spielen wollte. So, nun können Sie fortfahren, Rick! Und entschuldigen Sie die Unterbrechung!"

"Nachdem die Lichter ausgegangen waren, erstach der Marquis zunächst Gil Lyon. Aus Erfahrung klug, beseitigte er dann auch noch seinen Mitwisser Olle und lenkte den Verdacht auf den so geheimnisvoll Verschwundenen 'verbrecherischen Arzt'..."

Kid Murphy räusperte sich vernehmlich. "Sie wollten mich und die Polizei lächerlich machen, indem Sie Kid Murphy als Täter präsentierten, der in Wahrheit niemals seinen Fuß ins Studio 2 gesetzt hat!"

"Ich gebe zu, da habe ich ein wenig übertrieben!" lächelte der Marquis gequält.

"Ich hatte Sie von Anfang an in Verdacht, aber mir fehlten die Beweise. Gott sei Dank sind Sie mir heute in die Falle getappt. In diesem zweiten Mörder-Spiel konnten Sie der Versuchung nicht widerstehen, mich auch noch zu beseitigen!"

"Aber wer spielte den Arzt, und wie konnte er fliehen?" fragte der Kommissar.

"Es hat keinen Arzt gegeben, und geflohen ist er auch nicht!" antwortete der Marquis.

"Aber er saß damals an diesem Tisch!" beharrte der Kommissar auf seiner Meinung. "Und später war er dann nicht mehr da!"

"Dabei handelte es sich um Olle Davidson, den der Marquis dazu bewogen hatte, eine Kutte anzuziehen und mit den anderen Gästen am Tisch Platz zu nehmen. Nach dem Verlöschen der Lichter hat der Marquis zuerst Olle getötet, dann seine Kutte weggebracht und erst dann Gil Lyon erstochen. Den Verdacht lenkte er so auf jemanden, der in Wahrheit gar nicht existierte!"

Der Marquis hob in diesem Moment seinen Siegelring an den Mund, zerbiß ihn und schluckte. "Enttäuschend!" murmelte er. "Ich wollte zwei perfekte Verbrechen begehen, aber..."

Er konnte den Satz nicht mehr beenden, denn er bäumte sich auf, und sein Kopf fiel in den Nacken. Das Zyankali in seinem Ring hatte seine Rolle beendet, und der Marquis - Schauspieler bis zum bitteren Ende - war auf der Bühne gestorben.

Ende

WANTED

FRANK CASTLE
armed and dangerous

Das große Piloten-Abenteuer

PILOT ADLER

BASTEI

Die große ABENTEUER-serie

Die Hölle am Rio Negro